Mirjam Jasmin Strube

Flynn

und die Gedankenmonster

Titel:
Flynn und die Gedankenmonster
Autorin: Mirjam Jasmin Strube

ISBN 978-3-947110-79-7

Illustrationen Günther Bema
www.strichwerke.de

Cover/Innenlayout:
Peer Stone

Herausgegeben von
Augusta Presse und Verlags GmbH
www.Leseschau.de
Kontakt: info@Leseschau.de

Bucher Straße 23 • 13127 Berlin
Tel. 030/692021051 • Fax 030/692021059

Zum Buch

Im ersten Teil der Flynn-Reihe hat sich unser Teddykind auf den Weg zum Mut gemacht. Er hat sich mit seinen Ängsten auseinandergesetzt und wurde am Ende mit einem wundervollen Sternenhimmel belohnt. Im zweiten Teil könnt ihr Flynn erneut auf eine abenteuerliche Reise begleiten, nämlich auf die Reise zu den Gedankenmonstern.

Jede Nacht, wenn wir die Augen schließen und uns in unser warmes Bett kuscheln, betreten wir unseren eigenen Kinosaal. Der Film, den wir uns ansehen, ist einzigartig, denn wir allein sind der Regisseur. Unser Traumfilm hilft uns, die Gedanken des Tages zu ordnen, zu verarbeiten. Was aber passiert, wenn uns ein Gedanke nicht loslässt? Wenn der Film einfach nicht enden will?
Die Gedanken können nämlich gute, aber auch schlechte Gefühle in uns auslösen, daher kann es passieren, dass falsche Gedanken uns begleiten wie kleine Monster.
Seid gespannt, wie Flynn die negativen Gedankenmonster aus seinem Kopf verbannt.

„Oma, was ist das dort oben in dem Glas?" Flynn streckte sich so hoch er konnte, aber das Glas schien unerreichbar.
„Warte Flynn, bitte sei vorsichtig mit dem Regal, es ist schon etwas wackelig. Warte, ich hole dir das Glas herunter!"
Oma griff nach dem Glas, und beinahe wären alle heruntergefallen.
„Wir müssen unbedingt Opa Bescheid sagen, dass er das Regal repariert. Wenn meine ganzen Saatgläser herunterfallen und das Saatgut sich vermischt, gibt es nächstes Jahr im Garten ein Chaos."
Flynn und Oma mussten kichern. Sie stellten sich vor,

wie die Tomatenpflanzen in den Blumenkästen am Haus blühten und die Blumen im Gewächshaus eifrig eine Blüte nach der anderen präsentierten. Das war schon eine lustige Vorstellung.

Flynn liebte es, wenn er die Wochenenden bei seinen Großeltern verbringen konnte.
Dort gab es einen großen Garten und überall etwas zu entdecken. Seine Oma hatte einen grünen Daumen, wie Flynns Mama immer sagte.

Auch gab es im Sommer hier viel zu naschen. Opa hatte Flynn extra ein kleines Baumhaus in den Kirschbaum gebaut. So brauchte er sein Pfötchen nur aus dem Fenster strecken, um an die köstlichen Früchte zu kommen.
Oft lag Flynn aber auch einfach nur auf der Wiese und beobachtete, wie die Bienen und Schmetterlinge von

Blüte zu Blüte flogen. Einfach herrlich, das mit anzusehen.

Heute aber stand erst einmal etwas Arbeit an. Das alte Regal mit den Schraubgläsern musste unbedingt repariert werden. Aber wo war Opa? Flynn und Oma suchten ihn. Erst im Garten, danach schauten sie im Haus nach. Komisch, Flynn hatte ihn doch gerade noch gesehen, wie er auf der Terrasse saß und seine Zeitung las. Hoffentlich war ihm nichts passiert. Warum antwortete er denn nicht?

„OOOOOPPPPAAAAA“, rief Flynn nun noch lauter und es wurde ihm etwas flau im Magen, als auch dieser Ruf unbeantwortet blieb.

Jetzt war es Oma die Flynn rief:

„Flynn, schau mal hier, auf der Flurgarderobe liegt ein Zettel von Opa."

Die Gärtnerei hat angerufen! Unsere bestellte Blumenerde ist schon heute geliefert worden! Ich bin gleich losgefahren. Bin sofort zurück.
Gruß Bernhard

Flynn fiel ein Stein vom Herzen, als Oma die Nachricht vorlas. Er hatte sich schon etwas Gedanken gemacht. Aber nun war ja alles gut und Opa würde gleich wiederkommen.
Erleichtert lief er wieder hinaus in den Garten. Da die Reparatur sich

nun etwas verschieben würde, hatte er noch genug Zeit, um seiner Lieblingsbeschäftigung nachzugehen.
Flynn legte sich auf die Kuscheldecke, die er heute Morgen schon auf die Wiese zwischen den alten Johannisbeersträuchern platziert hatte. Am Himmel waren nur ein paar Wolken.
Oma kam zu ihm und kuschelte sich an Flynn.
„Du warst gerade ganz schön blass, als wir Opa nicht finden konnten“, sagte sie und streichelte dabei sanft über seinen Rücken.

„Ach, Oma“, seufzte Flynn. „Ich mache mir immer so viele Gedanken, dass etwas Schlimmes passieren könnte. Dass Mama und Papa oder auch euch etwas zustößt. Aber auch ganz oft, dass mir etwas passieren könnte. Dann bekomme ich ein ganz komisches Gefühl im Bauch, so als ob die Gedanken wie eine Brausetablette in meinem Bauch sprudeln.“

Tränen schossen in Flynns Augen. Oma nahm ihn ganz fest in den Arm.

„Ach, mein Schatz, Gedanken macht sich doch jeder“, erklärte sie Flynn. „Dein Kopf hat einfach Angst, und dann werden die

Gedanken zu Sorgen, und das macht dir dann dieses komische Gefühl im Bauch. Manchmal wollen diese Gedanken einfach nicht aus unserem Kopf verschwinden, und umso länger sie bleiben, umso größer werden sie. Sie werden zu Gedankenmonstern.
Schau mal zum Himmel hinauf und stell dir vor, dass die Wolken ein Taxi sind."
Flynn wischte sich seine Tränen aus den Augen. Also, er hatte sich ja schon viele Wolkenfantasien vorgestellt, aber als ein Taxi hatte er sich die Wolken noch nie vorgestellt. Aber na ja, warum nicht? Oma hatte schließlich immer gute Ideen.

„Immer, wenn die Gedankenmonster in deinem Kopf nur noch Unsinn machen, siehst du zum Himmel und rufst dir ein Gedankentaxi. Du machst die Wolkentür auf und stopfst dein Gedankenmonster hinein. Es kann passieren, dass sich die kleinen Schlingel am Anfang etwas wehren, aber du schaffst das schon! Es sind schließlich immer noch deine Gedanken! Dann schlag' schnell die Türe zu. Nun atmest du ganz tief ein. So lange, bis dein Bauch kugelrund ist und dann pustest du dein Gedankentaxi mit dem nervigen Passagier ganz weit weg."

Sie lächelte ihn an.

„Stell dir dabei vor, wie das Taxi über Berge und Täler fliegt. Ab und zu begegnet es einem Schwarm Vögel, aber die Vögel fliegen unbeeindruckt von dem Geschimpfe darin einfach weiter.
Das Ziel aller Gedankentaxen ist das Meer der Erinnerungen.
Dort befinden sich alle Gedanken, die jemals gedacht worden sind.“
„Aber was passiert mit den Gedankenmonstern?“, wollte Flynn wissen. „Was, wenn die Monster wieder nach Hause laufen?“
„Nein, Flynn, jedes Wolkentaxi das am Meer der Erinnerungen ankommt, muss durch das große Tor des Vergessens. Es gibt nur

diesen einen Eingang. Sobald das Wolkentaxi hindurchfliegt, verwandelt sich das Monster in wunderschöne Gedankenblasen und dadurch in einen wunderschönen ursprünglichen Gedanken. Sie schimmern in allen Farben des Regenbogens. Wenn das Taxi dann sein Ziel erreicht hat, löst sich die Wolke auf und die Gedankenblasen steigen langsam herab bis zum Grund des Sees. Der ganze See funkelt dadurch in den schönsten Farben. Sogar der Himmel darüber sieht aus wie ein Feuerwerk."

Oma lächelte Flynn an. Der war nun schon die ganze Zeit damit beschäftigt gewesen, seine

Gedankenmonster zum Himmel
zu pusten.
Plötzlich rief eine Stimme aus
dem Haus Flynns Namen.
„Flynn, Bärbel – wo seid ihr?“
„Opa, wir sind hier!“, antwortete
Flynn und winkte Opa heftig zu.
„Na, euch geht es ja gut“, lachte Opa.
„Ich schleppe die schweren Beutel mit
Erde und ihr liegt hier in der Sonne
rum.“
„Opa, wir liegen hier nicht einfach
rum!“, widersprach Flynn.
„Wir beladen Wolkentaxis mit
Gedankenmonstern!“
„Ihr macht was?“ Opa verdrehte
die Augen und lächelte. „Genug
Wolkentaxis für heute beladen!
Jetzt ist die Schubkarre dran!“

TAXI

Flynn sprang auf und umarmte Opa. „Schön, dass du wieder da bist!“

Opa-Bär hob Flynn hoch und gab ihm einen Kuss auf die Stirn. „Los geht’s, mein starker Junge, ich brauche wirklich deine Hilfe.“

Sie verbrachten den halben Nachmittag damit, die Erde auf die Beete und Blumenkästen zu verteilen. Flynn machte das großen Spaß. Mama schimpfte immer gleich, wenn er seine Hände schmutzig machte, aber hier durfte er in der Erde wühlen und wurde dafür sogar noch gelobt!

Als ob das nicht schon genug Lohn gewesen wäre, gab es am

Nachmittag meistens auch noch einen selbstgemachten Kuchen mit frischen Früchten. Natürlich durfte Flynn auch diese ganz alleine pflücken, und so konnte es schon mal passieren, dass es eine Erdbeer-Himbeer-Torte mit Minigurken darauf gab.
Am Abend machte sich der Opa an das Gießen, und Flynn und Oma wollten noch ein paar der mit frischer Anzuchterde befüllten Töpfchen mit Sonnenblumenkernen bepflanzen. Oma und Flynn liebten es beide, im Spätsommer die Sonnenblumen zu beobachten. Die Vögel pickten sich die kleinen Körnchen aus den Sonnenblumen

und ließen sich auch von den neugierigen Bärenaugen nicht davon abschrecken, diese Köstlichkeit zu futtern.

„Flynn, bitte hol' mir doch mal das gelbe Glas aus dem Schuppen. Darin sind die Saatkörnchen", rief Oma.

Er lief gleich los und öffnete die Tür des Schuppens.

Da gab es einen riesen Knall! Flynn dachte, sein Herz würde stehen bleiben. Durch das Öffnen der Tür hatte es einen Windstoß gegeben, der das morsche Regal mit Omas Schraubgläsern nun endgültig von der Wand riss. Alle Gläser waren zerbrochen und die Saat war durcheinander gewirbelt.

Oma und Opa hatten den riesigen Knall natürlich auch gehört und kamen schnell angelaufen.
„Oh wei“, sagte Oma zu Flynn, „nichts anfassen. Ich habe ja ganz vergessen, Opa zu sagen, dass er das Regal reparieren soll. Nun ist es zu spät und wir haben einen bunten Haufen zum Säen.“
Alle mussten lachen. Opa liefen die Tränen vor Lachen aus den Augen. Oma holte schnell ein Kehrblech, und nachdem sie die Glasscherben sorgfältig entfernt hatte, schüttete sie den bunten Saat-Mix in den alten Zinkeimer.
„Flynn, such dir mal ein schönes Körnchen heraus, dann pflanzen

wir es in einen Topf", sagte sie und schob ihm den Eimer hinüber.
„Aber Oma, was soll ich denn nehmen? Was, wenn es zu groß für den Topf wird? Was, wenn es etwas ist, was ich gar nicht mag? Was, wenn Papa davon nießen muss?"
Flynns Gedanken überschlugen sich.
„Mein Schatz, natürlich kann alles daraus wachsen. Es kann alles passieren, aber du kannst es nicht durch deine Gedanken beeinflussen. Also hör auf, dir welche zu machen über etwas, was du nicht beeinflussen kannst. Such das schönste Körnchen raus, pflanz es in die Erde und pflege es gut. Das ist alles,

was du tun kannst. Hör' auf, dir darüber Gedanken zu machen, ob etwas Ungenießbares daraus werden könnte. Freu dich einfach, über das, was daraus wächst."

Oma hatte so Recht, dachte Flynn. Schon wieder hatte er sich viel zu viele Gedanken gemacht, und eigentlich ist es ja ganz oft so, dass wir uns einen Haufen Sorgen machen über hätte, könnte und wird vielleicht passieren anstatt einfach abzuwarten und den Kopf dafür mit schönen Gedanken zu füllen.

Der Sonntagabend war gekommen und Flynn musste wieder nach Hause. Das Auto von Flynns Eltern fuhr schon die Einfahrt hoch, als

Oma Flynn rief:

„Komm, mein Schatz, Mama und Papa sind da!"
Flynn stampfte mit seinem kleinen Koffer die Treppe hinunter. Auf der Flurgarderobe stand das kleine Töpfchen mit der geheimnisvollen Saat. Flynn schnappte sich schnell den Topf, drückte seine Großeltern zum Abschied und lief schnell hinaus, um dort ins Auto zu steigen.
„Bis nächste Woche!", rief Opa noch hinterher und legte dabei lächelnd den Arm um Oma.

Zu Hause angekommen lief Flynn sofort in sein Zimmer, schmiss den

Koffer auf den Boden und stellte das Töpfchen auf die Fensterbank.
Mama kam herein und wollte wissen, was Flynn da Schönes hatte.
„Ach, Mama, das weiß ich auch nicht so genau. Aber es wird ganz bestimmt etwas Tolles werden.
Ich mache mir da nicht so viele Gedanken. Es wächst so oder so, mit oder ohne Gedankenmacherei."
Mama schaute Flynn mit großen Augen an. Mit so einer Antwort hatte sie nun so gar nicht gerechnet.
„So, mein Schatz, nun aber ab ins Bett. Morgen musst du zur Schule und früh aufstehen."
SCHULE??? Morgen schon ...
ach Mist, heute war ja Sonntag.

Flynn hatte total vergessen, dass er ja morgen früh schon wieder zur Schule musste.
Und ... oh nein!?!?! Er hatte total vergessen, dass er ja Hausaufgaben hatte. Normalerweise gab es keine Hausaufgaben zum Wochenende, aber diesmal wollte Frau Buchner, Flynns Klassenlehrerin, dass die Kinder für Montag eine ganze Seite Mathe erledigten, da sie einen großen Ausflug planten und dadurch schon etwas vorarbeiten sollten.
Mist, was mache ich jetzt nur. Er lief zu Mama.
„Mama, Mama, ich habe ganz vergessen, dass ich noch Hausaufgaben

für morgen machen sollte. Es war so ein schönes Wochenende bei Oma und Opa und ich habe es total vergessen. Frau Buchner wird mit mir schimpfen, wenn ich …“
„Stopp“, unterbrach ihn seine Mutter. „Flynn, du kannst deine Hausaufgaben jetzt nicht mehr machen, dafür ist es nun zu spät! Du musst morgen zu Frau Buchner gehen und ihr sagen, dass du es vergessen hast. Sie wird dir schon nicht den Kopf abreißen!“

Mama hatte gut reden! Ihr Kopf würde ja dranbleiben, dachte Flynn und schaute zum Fenster hinaus. Was hatte Oma gesagt?

Schnell, ein Wolkentaxi musste her! „So, ihr vergessenen Hausaufgaben, jetzt kommt ihr ins Taxi und dann puste ich euch weg“, sagte Flynn und lächelte dazu. In seinen Gedanken sah er das Wolkentaxi, wie es bis unters Dach gefüllt mit Zahlen fast platzte. Es torkelte hin und her wie ein Pudding und war kurz vorm Platzen. Immerhin war es ja auch prall gefüllt mit einer ganzen Seite Mathematikhausaufgaben. Flynn atmete tief ein und puuuuuuuuustete es zum Fenster hinaus. Das Taxi brauste davon und verschwand im Abendhimmel.

Er klatschte in die Hände.
„So! Erledigt“, sprach er zu sich und kuschelte sich in sein weiches Bettchen.

Der große Drache kam immer näher und näher. Flynn rannte und rannte, aber er kam einfach nicht von der Stelle. Etwas Kleines sprang um den Drachen herum. Flynn sah nur kleine Füße, für mehr war die Entfernung zu groß. Zum Glück.

„Lauf kleiner Bär, lauf!“, sagte er immer wieder zu sich selbst.

Doch alle Bemühungen waren umsonst. Der Drache und seine ... ja was war das? Zahlen? Flynn musste zweimal schauen. Das waren tatsächlich ZAHLEN mit Beinen? Unmöglich! Solche Gestalten gibt es doch gar nicht! Aber nun sah Flynn sie mit eigenen Augen.

Der Drache kam näher und näher. Flynn gelang es nicht, wegzulaufen. Jetzt gab es kein Entkommen mehr.
Da erkannte er das Gesicht des Drachen.
Das gibt es doch gar nicht! Frau Buchner? Sind Sie das? Flynn konnte es kaum glauben. Da stand seine Lehrerin mit dem Körper eines Drachens und kleinen Zahlenmännchen vor ihm. „Frau Bu... Bu... Buchner?“, stotterte er.
Der Drache wühlte in einem alten Seesack, den er auf seinem Rücken trug und holte ein Heft hervor.
„Flynn!!! Du hast deine Hausaufgaben nicht gemacht!“,

tönte es aus dem Drachenmaul und die Zahlenmännchen schüttelten mit den Köpfen und hüpften dabei um ihn herum.

„Nicht gemacht, nicht gemacht", sangen sie im Chor. Sie drehten sich immer schneller und ihr Gesang wurde immer lauter.

Flynn wurde schwindelig. Er hielt sich die Ohren zu und fing an zu weinen. „Ich habe es doch nicht mit Absicht vergessen", schluchzte er. Aber die Zahlenmännchen und der Drache hörten nicht auf.

Flynn rollte sich zusammen und – der Gesang verstummte plötzlich! Er schlug die Augen auf und stellte fest, dass er in seinem Bett lag.

Ein Traum! Es war nur ein Traum gewesen. Oh weh, der Gesang der Zahlenmännchen hallte noch etwas nach, aber nun war er erleichtert. Es war nur ein Traum!

Flynn lief ins Badezimmer, wusch sich sein Gesicht und putze die Zähne. Ganz wohl war im heute nicht zumute. Er hatte so ein schönes Wochenende bei Oma und Opa verbracht, und dann hatten diese doofen Hausaufgaben alles kaputt gemacht.
Traurig schlürfte er in die Küche. „Flynn, was ist los? Du schaust ja aus wie ein Häufchen Elend“, stellte Mama fest. „Ach Mama, ich hatte einen schlimmen Traum wegen meiner Hausaufgaben.“ Flynn erzählte seiner Mutter von dem Traum und von den Sorgen, die er sich machte. Was, wenn Frau Buchner mit ihm schimpfte? Noch

dazu vor der ganzen Klasse! Was, wenn die anderen Kinder ihn auslachen würden! Es sprudelte nur so aus ihm hervor.
Die Mama versuchte ihn zu beruhigen, erklärte Flynn aber auch, dass er einen Fehler gemacht hatte und nun dafür geradestehen musste. Denn immerhin hatte er ja vergessen, seine Hausaufgaben zu erledigen. Schuld war er ganz allein.
Es führte also kein Weg vorbei, er musste in die Schule und es Frau Buchner beichten.

Schon beim Betreten der Schule war ihm ganz flau. Sein Bauch zwickte und zwackte.

Für ein Gedankentaxi war es nun auch zu spät.
Tapfer betrat er den Klassenraum.
Die anderen Kinder tauschten sich lautstark über das Wochenende aus.
Was hatten sie nicht alles erlebt!
Bella war mit ihrer Patentante reiten und Paul hatte mit seinem Hund einige Kunststücke eingeübt.
„Hey, Flynn, was hast du so am Wochenende gemacht?“, rief Bella.
„Ach, nichts Besonderes“, murmelte Flynn vor sich hin. Ihm war jetzt wirklich nicht nach Reden, jeden Moment würde der Drache … ähm Frau Buchner in die Klasse kommen.
Da! Flynn konnte ihre Schritte hören.

Er musste auf die Toilette, sein Bauch spielte nun total verrückt. Flynn lief los! Jetzt aber schnell. Leider kam er nicht weit, denn er rannte mitten in Frau Buchner, die schon vor der Tür gestanden hatte.
„Guten Morgen, Flynn, das ist ja mal eine stürmische Begrüßung."
„Frau Buchner ... ich ... ich ... muss Ihnen was sagen. Ich habe ... also nicht absichtlich ... also ich ..."
„Flynn, beruhige dich." Sie kniete sich vor ihn hin und streichelte ihn an seiner Schulter.
„Frau Buchner ... ich habe ... die Hausaufgaben vergessen zu machen!"
DA! Jetzt war es raus!

Frau Buchner sah ihn mit großen Augen an. „Ja, und weiter?“
„Ja nichts weiter … das war alles“, schluchzte Flynn.
„Ach Flynn, das ist doch gar nicht so schlimm. Dann musst du sie eben nachholen. Bitte zeig sie mir morgen einfach. Okay?“
Wie? Kein Donnerwetter?
Das war alles?
Und dafür hatte er sich solche Gedanken gemacht!

„Was grinst du denn so?“, wollte Bella von Flynn wissen, als er zurück in die Klasse kam.
„Ach, ich freue mich so auf unseren Ausflug und kann es kaum

erwarten, dass es endlich losgeht!", antwortete er.

Er war froh, dass niemand sein Gespräch mit Frau Buchner mitbekommen hatte.

Oh je, er musste wirklich aufhören immer gleich das Schlimmste zu glauben. Er nahm sich fest vor, beim nächsten Mal gleich zu seiner Lehrerin zu gehen. Was hätte auch passieren sollen? Die Schulglocke riss Flynn aus seinen Gedanken. Hastig packte er seine Schulbücher zusammen und stopfte sie schnell in seine Schultasche.

„Bis morgen, liebe Kinder, seid pünktlich um 8 Uhr vor der Schule. Der Bus startet um 8.30 Uhr.

Ich freue mich auf einen schönen Ausflug", rief Frau Buchner noch in die Klasse und schon liefen alle Kinder hinaus.

Paul und Flynn machten sich gemeinsam auf den Nachhauseweg, sie wohnten nur zwei Häuser voneinander entfernt, und zusammen war der Weg doch gleich viel kürzer.
Die beiden schmiedeten schon eifrig Pläne, was sie morgen alles machen wollten. Immerhin gab es im Freizeitpark eine Menge zu entdecken und Frau Buchner hatte gesagt, dass die Kinder in kleinen Gruppen auch allein den

Park erobern durften. Das musste gut geplant werden. Ob es eine Wasserbahn gab?
Eine Achterbahn mit mindestens fünf Loopings? Ein Schaukelschiff mit Überschlag?

Aber Moment, Flynn hatte sich ja vorgenommen, viel weniger an morgen zu denken und sagte deshalb zu Paul:
„Lass uns nicht so viele Gedanken machen, wir kennen den Park ja noch gar nicht. Wenn wir dort sind, besorgen wir uns eine Karte und schauen dann, was wir alles machen wollen."
„Guter Plan, Flynn!

Du hast recht, lassen wir uns überraschen. Bis morgen!“, rief Paul und war auch schon im Hauseingang verschwunden.

Flynn ging den Bürgersteig entlang und sah Mama im Vorgarten stehen. Schnell lief er zu ihr.

„Mama, Mama, ich habe mit Frau Buchner wegen meiner fehlenden Hausaufgaben gesprochen und weißt Du was? Sie war überhaupt nicht böse.“ Die Worte sprudelten nur so aus Flynn heraus.

„Na siehst du, mein Schatz, das war kein Weltuntergang. Jeder kann mal etwas vergessen. Das ist doch auch gar nicht schlimm. Das Schlimmste

daran waren deine Gedanken."
„Ja, Mama, da hast du recht!" Flynn lächelte und setzte sich gleich an seine vergessenen Hausaufgaben.

Unser Illustrator

Günther Bema hat als Zeichner an der Gestaltung dieses Buches, sowie auch schon an dem Vorgänger **„Das kleine Buch über den großen Mut und wo man ihn findet“** mitgewirkt.
Er zeichnet seit seiner Schulzeit, vorwiegend Karikaturen.
Günther Bema ist Autodidakt, seine „Strichwerke“ aus dem Leben entstehen aus vielen Beobachtungen.

Er beschäftigt sich auch mit technischen Zeichnungen, Porträts oder Zeichnungen historischer Häuser.
Mit Freude hat er sich der Aufgabe gewidmet, das Buch zeichnerisch zu begleiten.
Mehr von seinen liebevoll angefertigten Zeichnungen gibt es unter www.strichwerke.de.

Die Autorin

Geboren wurde Mirjam Jasmin Strube am 20.02.1975 in der kleinen Stadt Holzminden in Niedersachsen.
Aufgewachsen ist sie in Salzgitter Lebenstedt, auch die Stadt im Grünen genannt.
Sie lebt heute mit ihrem Mann und den drei Kindern in Braunschweig.
2018 hat Mirjam die Seite – **Wunderbare Gedanken für den Alltag** – ins Leben gerufen. Dort haucht sie den Bildern ihrer Freunde, durch selbst verfasste Aphorismen ein poetisches Leben ein. Die Sprüche sind fröhlich, motivierend mitunter aber auch traurig und regen zum Nachdenken an.
Eins aber haben all die Bilder auf der – **Wunderbaren Gedanken** – Seite gemeinsam, sie sind ehrlich und stammen alle aus der kreativen Feder der sympathischen Braunschweigerin.

Wo man den großen Mut findet …

Der wunderschöne erste Teil der Flynn-Reihe. Erhältlich bei der Leseschau.de und direkt bei der Autorin. Auf Wunsch auch handsigniert unter Strube666@t-online.de.